Oliver Berner

Pictor's Wandel
&
Der Traum
eines vernünftigen
Menschen

AF235479

Der Autor
Oliver Berner ist Heilpraktiker und Osteopath
in Wiesbaden. Er studiert seit über zwanzig
Jahren die Lebensprinzipien verschiedener
Kulturen. Eines der wichtigsten ist die
Wahrnehmung der Gesundheit als lebendige
Kraft. Dieser gilt es Raum zu geben, Ausdruck
zu ermöglichen. Heilung ist dementsprechend
ein vollständig werden, ein „sich wieder
verbinden" mit natürlichen Elementen des
Lebens. Dasselbe gilt für Glück.
Da nun aber zu manchen Zeiten die
kollektiven Suggestionen und Glaubenssätze
dezent in eine andere Richtung zu wirken
scheinen schrieb er dieses kleine Büchlein zur
Inspiration.

Copyright © 2020 Oliver Berner
Alle Rechte vorbehalten

Herstellung und Verlag:
BoD – Books on Demand, Norderstedt

ISBN: 9783752604580

oliverberner.de

PICTOR'S WANDEL

&

DER TRAUM EINES VERNÜNFTIGEN MENSCHEN

OLIVER BERNER

Danksagung

Ich danke meinen und allen Kindern dafür, dass sie uns Erwachsene daran erinnern was wichtig ist. Mögen sie unsere Lehrer sein, auf dass wir auch in Zukunft in einer Welt der Liebe leben.

Inhalt

Widmung
für Hermann Hesse
und sein Liebesmärchen
„Piktors Verwandlungen"

PICTOR'S WANDEL

P ictor betrat das Paradies in Frieden.
Vielleicht ist jeder der es findet
friedvoll.

Womöglich öffnet sich nur jenen das Tor zum
Paradies, die dem Ruf ihrer Seele folgen. So
handelt es sich mehr um einen Schritt nach
innen in sich selbst hinein, während die Welt
dort draußen gleichsam aufatmet und beginnt
zu lächeln.

Vereint sich das Innen mit dem Außen, so
haben sich die Tore geöffnet, so scheint das
Licht der Sonne gleichermaßen auf Dich und
mich. Das ist schön, doch anfangs zuweilen
ungewohnt.

So wusste Pictor nicht zu bestimmen, wo er

sich befand. Er kannte keine Definition von gut und schlecht, wusste nicht woher er kam, oder wohin er gehen sollte, hatte weder Ziel, noch Verlangen. Er stellte sich die Fragen: *wer bin ich? Gibt es einen Rahmen? Bin ich noch Mensch, oder das Leben selbst?*

Er sah einen Wald an sich vorüber ziehen, mit Vogelgesang, Schattenwurf und dem Geruch nach Erde und Moos.

Die Betrachtung eines Baumes mit kräftigen Ästen, die sich genüsslich empor zum Himmel streckten berührte ihn, und der Wald stand still.

Pictor sprach:

Bist Du mein Ebenbild?

Und der Baum nickte mit seinen hellgrünen Blättern, die im Wind tanzten und lachten. Da nun aber mit diesem Wind all die anderen Bäume des Waldes ebenso nickten und deren Blätter in gleicher Weise lachten und tanzten, da dachte sich Pictor also, der ganze Wald sei gleich seiner Selbst.

Eine lange Weile stand er so dort, seine unzähligen Wurzeln in das tiefe Innere der Erde wachsend, die Äste zur Sonne gestreckt, in der Kälte in sich selbst zusammengezogen, in der Wärme ausgedehnt, den Regen trinkend, das Licht atmend und war glücklich. Er war das Leben, und er war ebenso der Tod, aus dem heraus stets neues Leben entstand. Er selbst war Mutter und Vater der Tiere, denen er Schutz und Nahrung gab. Nur sehr entfernt war er dieser eine Baum, vielmehr war er verwoben mit dem Bewusstsein aller Bäume, war zugleich die Erde und der Himmel, war Wechsel der Jahreszeiten ebenso wie die ewige Stille des Moments.

Nichts gab es, das zu verbessern war. Die Hingabe an den Fluss der Existenz selbst war es, die Vollendung brachte. Sein Leben war ein immerwährender Traum, ein Traum der Familie und der Einheit, ein Traum des Wandels, ein Traum von Wachstum mit einer Idee Vergänglichkeit.

Pictor war nun einer der ältesten Bäume in seinem Wald. Seine Äste ragten höher als die vieler anderer, seine Rinde trug das meiste Moos, und sein Holz gab den meisten Vögeln Herberge. Sein Wissen um die vielen Jahrzehnte hatte er über seine Wurzeln an seine Geschwister weiter gegeben, und er spürte, dass dieser Traum bald sein Ende finden würde.

Als das Gewitter aufzog, da bedankte er sich für den Rahmen, den er mit Erfahrung füllen durfte. Während sich die Wolken zu schwarzen Ungetümen am Himmel formten und sich die Luft mit Elektrizität auflud, da zog er sich nicht wie sonst in sein Inneres zurück. Er dehnte sich aus, öffnete sich dem Sturm, rief seinen Geschwistern zu: *Ich liebe Euch!*, und eine Sekunde darauf traf ihn der Blitz, riss ihn mit einem Knall entzwei, zerschmetterte seinen Stamm, während ein mächtiges Donnern die Erde erzittern lies. Noch während sein Körper träge, fast gemächlich zur Seite kippte, da lächelte Pictor, vereinte sich mit dem Wind des Sturms und fuhr lachend durch die unzähligen Blätter seiner Geschwister. *Ich liebe Euch!*, rief er erneut, und er genoss die neue Freiheit der Bewegung. Er lachte glücklich, lachte solange bis sich der Sturm beruhigte und sich erschöpft zu einem sanften Nebel formte. Er legte sich über Felsen und Moos, über Gräser und Bäche und folgte der Nacht in den Schlaf. So glitt Pictor in einen neuen Traum hinein.

❖

*W*er bin ich? Gibt es einen Rahmen? Bin ich noch Baum, bin ich das Leben selbst?
Pictor erwachte und sah in sich selbst hinaus. Er sah einen majestätischen Horizont aus Bergen, Meer und Himmel. Er sah den Aufgang der Sonne, sah deren Licht über Myriaden glitzernde Wellen gleiten wie über einen wabernden, sich selbst liebkosenden Spiegel, sah es aus der weiten Ferne hin zu ihm fließen, über Felsen empor weiter, immer weiter hinauf zum Gipfel, auf dem er thronte. Hinter ihm erhob sich eine Felsformation und schütze ihn vor dem Nordwind. Ansonsten

war da nichts, keine Geschwister, deren Wurzeln er berühren konnte, und fuhr die Luft schwingend durch seine Blätter, so tanzte und sang er alleine.

Pictor fühlte sich einsam, dort am Übergang zwischen Himmel und Erde, ohne Berührung dessen, was er kannte und liebte. Seine Wurzeln fanden Felsen und tranken Wasser, seine Blätter streckten sich zum Horizont, zur Sonne und zu den Sternen hin.

Familie, Liebe, was bedeutet das?, fragte er sich. Und so stand er dort, unzählige Tage und Nächte wie die Ein- und Ausatmung einander folgend. Der Wechsel von einem Traum zum nächsten hatte einen Wandel gebracht, der ihn erstaunte. Die Nächte offenbarten ein unvergleichliches Firmament, eine gleißende, glitzernde Kuppel in unendliche Schwärze gebettet, durch die sich ein Fluss aus Diamanten zog und von einem großen Ganzen sprach, das doch stets ungreifbar war.

Der eigene Geist blieb dabei demütig, blieb ehrfürchtig zurück, staunend und wie von einem höheren Bewusstsein berührt. Pictor sprach viel zu sich selbst, nun, da ihm niemand sonst zuhörte. Im Versuch dieses höhere Bewusstsein zu beschreiben nannte er es die dynamische Stille. Sie kam von dort oben, von jenseits des Irdischen zu ihm herab wie das Glitzern der Sonne auf dem Meer, ebenso friedlich, nur ruhiger und überall zugleich: um ihn herum, in seinem Innern wie im Außen.

Der Fluss der Diamanten hingegen erschien ihm wie eine riesenhafte Hand, die den gesamten Berg, das gesamte Meer, die gesamte Existenz sowie ihn selbst sicher durch das Universum trug. *Wie könnte ich nur einsam sein,* dachte er zu sich selbst, *bin ich doch getragen von diesem Fluss, was immer auch ich erlebe? Was soll ich Angst empfinden bei dieser unendlichen Liebe, die mich in jeder Pause der*

Atmung erfüllt?

So wurde Pictor zu einem Gefäß, des Nachts
für den pulsierenden Fluss der Existenz am
Firmament, des Tags für den Horizont, das
Rauschen des Meeres, die Rufe der Tierwelt
und das Ewigkeiten währende Schwingen von
Erde und Stein. Er gab sich der Stille hin. Erde
und Himmel, warm und kalt, hell und dunkel,
nah und fern, alles verschmolz miteinander.
Wo er zuvor die Gemeinschaft des Waldes mit
seinem Bewusstsein gefüllt hatte, da war der
Rahmen nun weit größer, da fand er die Liebe
in der Hingabe an diesen Wechsel, diese
Atmung des Lebens, ein und aus, an die
Pausen dazwischen und an sich selbst. Sein
Körper war Fixpunkt eben dieser Mitte
zwischen der Atmung. Alleine und doch
erhaben stand er dort, schweigsam zwar, doch
seine Ruhe war Verbundenheit, nicht
Unwissen. Er selbst war nun der Rahmen für
das Geschrei der Möwen und Adler, für das

Singen das Windes, das Rauschen des Ozeans,
dem Lied der Sterne und dem tiefen Tönen
des Gesteins, das ihn trug.

*A*lleine, *doch mitnichten einsam bin ich
nun*, dachte Pictor.
Seine Familie waren die
Jahrtausende der Erde, die Jahrmillionen der
Sterne.
Seine Atmung war der Tag und die Nacht,
seine Gedanken das Rauschen des Meeres und
der Flug der Vögel und des Windes. Seine
Gefühle hingegen verschmolzen mit der
zarten Kraft der dynamischen Stille, die alles
eint, was lebt.

P ictor atmete gerade einen neuen Tag, der mit regenschweren Wolken begonnen hatte. Die ersten Tropfen fielen kalt auf seinen alten Körper. In der Ferne über dem Meer erhob sich ein Regenbogen, während ein breiter Streifen Sonne den Himmel am Horizont durchbrach. *Was gibt es noch auf dieser Welt,* fragte er sich, *das ich noch nicht erfahren habe?* Da hörte er zu seinem Stamme hin ein leises Weinen. Es war ein junges Mädchen, ein Menschenkind, wohl um die 16 Jahre alt. Der Regen, der seine Blätter hinab auf ihre Wangen tropfte vermischte sich mit ihren Tränen. Schutz suchend hatte sie sich unter seine breiten Hände begeben. Zitternd vor Kälte, mit geröteten Augen und den Armen um ihren zarten Körper geschlungen saß sie dort, ganz nah bei ihm. Ihr Atem ging zu schnell, und Pictor fühlte ihren Schmerz ganz ungewöhnlich tief in sich selbst. Er lies sein

Blattwerk dichter über ihr zusammenkommen, schirmte sie ab vor Regen und Wind. *Wie schön sie ist*, dachte er.

Da sie das Lied des Himmels nicht zu hören schien wob er mit seinem ganzen Herzen einen Rahmen um ihren zarten Körper herum, einen Rahmen aus Licht und Stille, der sich sogleich mit der Grundsubstanz des Lebens füllte. Das Mädchen hielt inne, schaute verwundert zu ihm auf - sie hatte ihn bemerkt! Sie spürte ihn und was er ihr gegeben hatte! Und als ihre Wangen sich röteten und ihre Augen sich klärten, als ihr Zittern verschwand und ihr Atem sich befreite, da lächelte sie sanft und begann ein leises, zartes Lied zu singen. Worte und Melodie liebkosten seine Rinde, schwammen den Stamm hinauf wie das Licht der Morgensonne, streichelten seine Äste und Blätter. Sein ganzes Wesen verschmolz mit diesem Gesang, so wie zwei Liebende zu einem Ganzen werden. Dies eine Lied, es schien ihm länger zu währen als all die Tage und Nächte dort oben zwischen Himmel und Erde. Hatte er in dieser seiner Existenz bislang die Jahrmillionen in ihrer Ewigkeit in sich gespürt, hatte er die allumfassende, bedingungslose Liebe der Existenz, den Frieden und die Kraft der Stille erfahren, so schien es ihm nun, als hätte dieses eine Lied, dieses eine Lächeln ihm ein Fenster hin zum Sinn des Lebens geöffnet. Die Liebe dieses kleinen Wesens dort, so zerbrechlich, so zart im Vergleich zu den Bergen, dem Ozean und den Sternen, diese Liebe eines Menschenkindes nun berührte ihn auf eine Art und Weise, die ihn für einen Moment alle Zeit und allen Raum vergessen lies. Er tauchte ein in eine Stille weit jenseits der dynamischen, eine Stille die wie ein Zündstein sein gesamtes Sein entflammte. Feuer bahnte sich von seiner Krone den Stamm hinab, traf auf Wasser, um es zu wärmen, welches empor zur Krone floss und die Flammen kühlte. Ein alchemischer Kreislauf wurde aktiviert, Pictor's gesamten Körper ausfüllend, während er lachte und seine Blätter im Wind tanzten wie nie zuvor.

Doch auch ein zeitloser Moment geht irgendwann vorüber. Das Mädchen ging fort, als der Himmel aufklärte, der Regenbogen verschwand und die Vögel wieder flogen. Noch lange tropfte es von Pictor's Blättern, schwere Tränen des Glücks und des Verlusts, Tränen der Dankbarkeit und Trauer.

Der Menschen Liebe ist ein absonderliches Ding, dachte Pictor, *so voll von Hoffnung, Streben, Sorgen, so limitiert, und doch so einzigartig stark. Nicht kollektiv wie die Liebe der*

*Bäume im Wald, die zu einem Ganzen verschmolz,
nicht bedingungslos und allumfassend wie die
Existenz selbst, vielmehr anscheinend kleiner, eine
Liebe zwischen zwei Seelen, die den Dualismus der
Welt zu einem Kreis formen, mit einem Fenster in
seiner Mitte, wo eine Brücke zur Unendlichkeit
wartet die Raum und Zeit aufhebt, alles Irdische
sinnhaft macht und es zugleich zu überwinden
strebt.*

Pictor spürte noch immer das pulsieren der Lebenskraft in seinem Körper, das aufsteigen von Wasser, das hinab strömen von Feuer. Die innere Alchemie war erwacht mit einem Ruf nach mehr. *Ist es das?*, fragte er sich. *Will ich Mensch sein, erneut?* Denn er erinnerte sich nun all seiner menschlichen Leben vor seinem Traum als Baum. So viele Male hatte er gestrebt, gelitten und geliebt, so oft war er der Angst unterlegen, um erneut die Hoffnung und den Willen zu entwickeln weiter zu kämpfen, sich selbst wiederzufinden, Stück für Stück. Des Menschen Seele ist zerbrochen, und gleichsam stets umgeben von sich selbst, in seiner ursprünglichen, perfekten Form. Und so wandert der Mensch umher auf der Suche nach seinen Anteilen, die er verloren glaubt, die ihm zu fehlen scheinen und findet Ruhe und Trost in der Umarmung, in dem Kuss, in der Liebe zu einer anderen Seele. Doch was ist diese Liebe wert, bleibt sie Berührung aus Mangel heraus? Ihm wurde nun klar, plötzlich und in seiner Stärke wie der Blitzschlag, der ihn in einem anderen Leben mit mächtigem Donnerschlag aus seinem Körper befreit hatte, dass die menschliche Liebe wie ein magischer Schlüssel war, die vereint mit dem Bewusstsein der dynamischen Stille das Tor zur wahren Vollendung zu öffnen vermochte.

Diese Erkenntnis nun erfasste ihn wie eine riesenhafte Welle, die über ihn hereinbrach und mit sich riss, und ehe er sich's versah, da war er erneut geboren.

E s dauerte eine Weile, doch irgendwann erinnerte er sich: Eine jede menschliche Inkarnation geht einher mit Schmerz, Angst und Verwirrung. Sie erschafft einen individuellen Rahmen hierfür und bietet ebenso Raum für Hoffnung, für Wachstum durch ein Chaos an Gefühlen und einen Sturm an Gedanken hindurch. Schatten und Licht. Jung und Alt. Frieden und Krieg. Hass und Liebe. Gemeinschaft und Einsamkeit. So unterschiedlich jedes einzelne Leben sein mag, jede Epoche, jeder Moment - die Quintessenz bleibt stets dieselbe.

❖

Gäbe es eine Orientierungshilfe in Deinem Leben, einen klaren Fixpunkt, den leuchtenden Stern am Firmament - würdest Du ihm folgen, um durch die finstere Nacht zu wandern? Denn es gibt im Allgemeinen zwei Möglichkeiten unter den Menschen: Die einen lassen sich von ihren Ängsten immer tiefer und tiefer in die Schatten hinein treiben, bis dass sie ihre Seelen kaum mehr spüren können und wie Tiere in Käfigen ruhelos umherstreifen. Manche hingegen haben in irgendeinem *Jetzt* genug davon, folgen dem Licht durch das Dunkel hindurch, beginnen Schmerz, Angst und Verwirrung zu lieben, werden Mutter und Vater für die Gefühle. Sie greifen vertrauensvoll nach deren Hand und geben sie gleichermaßen frei. Diese Menschen spüren, wie sie selbst sicher getragen werden. Sie öffnen sich dem Abenteuer des Lebens in all seinen Facetten und befreien sich aus dem Käfig der Neurosen und der Isolation, beginnen sich selbst bedingungslos geliebt zu fühlen. Aus dieser beginnenden Vollständigkeit heraus steigt ihre Fähigkeit andere zu lieben, und sie betreten das Paradies in Frieden.

Vielleicht ist jeder der es findet friedvoll.

Womöglich öffnet sich nur jenen das Tor zum Paradies, die dem Ruf ihrer Seele folgen. So handelt es sich mehr um einen Schritt nach innen in sich selbst hinein, während die Welt dort draußen gleichsam aufatmet und beginnt zu lächeln.

I love you
Doesn't mean you're mine
Nor does it say I search control
I love you
Means you help me shine
Transmutate shadows in my soul
I love you
Offers to align
Our Hearts devoted to the Whole

Widmung
für Fjodor M. Dostojewski
und seine phantastische Geschichte
„Der Traum eines lächerlichen Menschen"

DER TRAUM EINES VERNÜNFTIGEN MENSCHEN

Ich bin ein vernünftiger Mensch, lieber Leser.

Soweit ich mich entsinnen kann war ich das immer schon.

Lassen Sie mich ein wenig erzählen, während ich mit schwerem Herzen durch den Stadtpark spazieren gehe. Es ist der zweite August 2020 und ausgesprochen heiß. Die Sonne thront mit einer Kraft im wolkenlosen Himmel, die mich schier zu Boden drückt. Die Luft selbst vibriert vor Hitze, und der Schweiß flieht meine Stirn hinab, sucht Schutz im Schatten meiner Maske. Das Atmen fällt schwer, aber Sie, werter Leser, da bin ich hoffnungsvoll, Sie verstehen mich. Um mich herum werden es doch immer weniger, hier und dort laufen sie schrecklich fröhlich über die Wiese, einfältig, rücksichtslos, ohne Empathie, ohne Maske.

Vernunft ist nur zum Teil eine Gabe, auch wenn es zunehmend offenbar wird, dass sie vielen wohl nur unzureichend zuteil geworden ist. Doch was ist mit Fleiß? Was ist mit einem aktiven Training des Verstandes?

Ich studiere täglich die Nachrichten, lese renommierte Zeitschriften, beobachte scharf das Geschehen im Fernehen. Ich höre zu, interessiert, besorgt und mit wachem Geist. Vernunft ist das Ergebnis hiervon; ein logisches Resultat, wo sich aus erworbenem Wissen ein entsprechendes Verhalten formt, welches dem Besten aller dient.

Mein Freund, wenn ich so frei sein darf Sie derart zu bezeichnen (und ich bitte inständig darum!), können Sie sich vorstellen wie es sich anfühlt hier in meiner Geburtsstadt mit all meiner Sorge über den Zustand der Welt der wachsenden Ignoranz meiner Mitmenschen zu begegnen? Es scheint als schrieen sie mir alle ins Gesicht, dass ihnen mein Leben nichts wert sei, während sie blökend und spuckend ihre potentiellen Viren verteilen. Ist es falsch, oder vielmehr angemessen hierüber wütend zu sein?

❖

Ich habe mittlerweile ein gutes Auge für die Menschen entwickelt. Da sind die Dummen, offenbar ohne jegliche Bildung, denen ich es fast nachsehen kann. Ein Großteil aber hat offenbar ein gewisses geistiges Fundament. Ihnen scheint es jedoch an besagtem Fleiß zu mangeln, dieses nicht nur zu pflegen, sondern gar noch darauf zu bauen. Ich nenne sie entsprechend und zurecht die Faulen. Eben tummelt sich ein

Grüppchen von fünfen dieser Faulen vor mir
in Nähe des Ententeiches, liegt mit
Bierflaschen in den Händen auf der Wiese
zwischen Entenkot und … oh,
Entschuldigung, es sind doch eher die
Dummen.

Zunehmend treffe ich auf Esoteriker, eine
Absurdität der menschlichen Evolution, die
mir fast schon peinlich ist. Ich habe es nur
selten und kurz gewagt mich mit deren
Gedankengut zu beschäftigen und mich
umhin entschlossen sie zu einer
Sonderkategorie der Dummen zu zählen.

Mein Freund, wenn es nicht derart viele
wären, man könnte sie leicht mit dem Stempel
der Unzurechnungsfähigkeit ignorieren. In
der heutigen Zeit aber scheinen sie wie Pilze
aus einem regenreichen Waldboden im
immerwährenden Herbst zu sprießen. Wie
soll man mit solchen Leuten diskutieren? Selig
lächelnd sprechen sie von einer Harmonie des

großen Ganzen, von der Einheit mit der Natur und ignorieren dabei völlig, dass diese aus der Bahn geworfene Natur es doch ist, die uns diesen schrecklichen Virus entgegenwirft! Meine begründete, fundierte Angst berührt sie gar nicht. Derart kindliche Sorglosigkeit kann zweifelsohne nur als Dummheit bezeichnet werden.

Und dann sind da die Nazis. Die Zeitschriften und Fernsehberichte sind voll von ihnen. Rechtsradikale, dazu noch Linksradikale, überall Gewalt, als sei unser Kampf gegen Corona nicht bereits schwer genug.

Ich habe Durst. Ein Lächeln fährt durch mein Gesicht bei dem Gedanken an den Supermarkt, meiner Oase. Er ist nicht nur klimatisiert und wird mir Kühle schenken, sondern sich auch mit seiner Maskenpflicht bedanken. Ich habe eine neue Sympathie für Supermärkte entwickelt. Natürlich fühle ich mich zuhause am sichersten, und ich merke wie ich zunehmend das Freie meide. Auch mein Freundeskreis hat sich eklatant verkleinert. Ich verkehre nicht mehr freiwillig mit jenen, die meine Gesundheit nicht respektieren. Der Supermarkt indes gibt mir das Gefühl von Einigkeit. Wir schaffen das gemeinsam. Manchmal, wenn ich einsam bin gehe ich mit meiner Maske einkaufen, selbst wenn ich gar nichts brauche. Es ist nicht das Gefühl von Sicherheit - das habe ich selbstverständlich nur zuhause - doch eben dieses oftmals in Vergessenheit geratende Gefühl von Gemeinschaft durch klare Regeln, welches mich antreibt.

Ich laufe im Schatten der Bäume in die Innenstadt. Das Atmen fällt mir zunehmend schwerer. Haben Sie von der Demonstration in Berlin am gestrigen

Tage gehört, mein Freund? Maximal Zwanzigtausend, und es war eine Mischung aus genannten Menschen: dumm, faul, esoterisch und radikal. Nichtmal zählen können die, sie scheinen unter Größenwahn zu leiden, reden von 1,3 Millionen plus-minus ein paar hunderttausend. Lächerlich. Ich laufe weiter, überquere die Wilhelmstraße durch einen Streifen brüllender Hitze und rette mich in den Schatten der nahenden Häuserreihe. Mir schwindelt. Ich denke an die angekündigte Impfung und bin sehr froh darum, dass die Entwicklung schneller als gewohnt zu gelingen scheint. Können Sie es begreifen, mein Freund, lieber Leser? Können Sie nachvollziehen, dass ich auf eine allgemeine Pflicht zur Impfung hoffe? Wie der Supermarkt mit seiner Maskenpflicht, so soll die Welt hier draußen wieder klaren Regeln folgen! Der Mensch muss kontrolliert werden, so er nicht freiwillig folgen will.

❖

Ich bin so sehr in meine Gedanken versunken, so sehr mit meinem schwitzenden Körper beschäftigt, dass ich um ein Haar das Kind umgelaufen hätte. Weit entfernt höre ich ein Geräusch, eine zarte Stimme, flehend, und ich kann gerade noch meinen Blick heben und klären, da sehe ich es direkt vor mir stehen, halte abrupt an, ein wenig strauchelnd. Ein Mädchen, vielleicht acht Jahre alt. Tränen in den Augen, der Blick zu mir gerichtet, die Hand erhoben. Sie spricht zu mir, ich sehe ihre Lippen sich bewegen, Speichel auf der Zunge. Ihre Nase läuft. Mit der anderen Hand zeigt sie nach hinten, und aus irgendeinem Grunde verstehe ich sie nicht, verstehe kein Wort. Ich weiß nur, dass sie fleht, dass sie verzweifelt ist. Ich erkenne Verzweiflung. Ich erkenne sie, und ich spüre die Dringlichkeit in der Stimme des Mädchens, das Existenzielle in ihrer Körperhaltung. Und während sie weiter weint und bettelt und beginnt zu zittern, da wende ich mich ab von ihr. Vor mir ein weiterer Streifen flirrender Hitze, und als ich die Schatten mit energischem Schritt verlasse donnert diese Hitze erbarmungslos erneut auf mich hernieder. Ich laufe stoisch nach vorne, frage mich zugleich wieso es mir so leicht fällt das Mädchen zurück zu lassen. Es spielt keine Rolle. Mein Freund, ich muss mich um mich selbst kümmern. Die Welt, die Menschen scheinen gegen mich zu sein, hier draußen bin ich schlicht nicht sicher. Wir brauchen klare Gesetze, wir brauchen eine erzwungene Vernunft, bevor die Welt aufhört mein Feind zu sein. Bis dahin begnüge ich mich mit meiner Wohnung … und dem Supermarkt. Jeder Schritt ist harte Arbeit und erfordert Konzentration. Seit der Begegnung mit dem

Kind halte ich die Luft an. Meine Hände kribbeln merkwürdig, in meinem Kopf vibriert es seltsam. Hätte ich dem Mädchen helfen sollen? Was hatte es dort alleine zu suchen? War es krank? Warum kam es ausgerechnet zu mir? Hätte ich anderes reagiert, hätte es eine Maske getragen? Es spielt keine Rolle, denke ich erneut. Ich habe wichtigeres zu tun. Dies wird mir klar, mein Freund, als ich merke, dass ich das Bewusstsein verliere und zu Boden falle.

Es ist ein eigentümliches Gefühl ohnmächtig zu werden, die Kontrolle über den eigenen Körper zu verlieren. Als säße ich eben noch in einem Zug, der sich unvermittelt meiner entledigte und ohne zu zögern ohne mich am Horizont verschwindet, während ich hilflos durch die

Luft fliege und hinab zu Boden stürze. Doch dieser Boden empfängt mich nicht. Da ist nur ein kurzer, harter Aufprall, aber ich stürze weiter hinunter, hinab, hinfort, hinein in eine Schwärze, die mich aufzusaugen scheint wie ein riesiges Maul aus endloser Finsternis. Und dann … eine merkwürdige, friedliche Stille.

Mein Freund. Ich bitte um etwas Nachsicht, denn ab hier wird es seltsam. Ich war ein vernünftiger Mensch, doch meine Vernunft scheint an diesen Zug gebunden zu sein, der soeben am Horizont entschwunden ist. Während ich also in einem dunklen Meer versinke und mich vollends zu verlieren scheine, da spüre ich in weiter Ferne meinen Körper, doch es ist wie bei dem Kind: er spielt keine Rolle. Ich tauche tiefer und tiefer hinab.

Kurz flackert Angst in mir empor, die Angst zu sterben, die Angst mich zu verlieren, die Angst nicht atmen zu können, als mir unvermittelt klar wird: ich atme so frei wie nie zuvor! Ich weiß nicht was ich noch bin ohne Körper und ohne Vernunft, aber ich atme frei. Dies gibt mir Vertrauen, denn es ist eine deutliche Verbesserung zu meinem Zustand zuvor auf der Straße. So lasse ich mich in Ermangelung irgendeiner Orientierung oder Sinnhaftigkeit schlicht tiefer sinken, während ich ein und aus atme. Ich habe seit Ewigkeiten überhaupt ein Gefühl von der Verbindung zwischen Innen und Außen, während die Atmung wie eine Schwingtür beides miteinander verbindet. Ich werde eins mit dem Meer, in das ich hinab sinke. Ich kann nicht sagen, ob das nun sehr schnell geht, oder sehr lange dauert. Zeit ist mir einerlei. Raum ist mir einerlei. Der Zug ist verschwunden,

und ich sinke hinein und hinab in eine immer
klarer werdende, diamantene Stille.

Träume ich? Der Gedanke bietet sich
leise an, während sich um mich
herum eine neue Welt
materialisiert. Möbel formen sich, Wände
wachsen, in ihnen entstehen Fenster. Ich stehe
auf einem Boden. Ich stehe! Ich habe Füße!
Beine gar, einen Körper, ich betrachte meine
Hände, berühre mich. Ich laufe ein paar
Schritte hin zu einem der Fenster, sehe, dass es
eigentlich nur ein Fensterrahmen ist, ohne
Gläser darin, ich greife einfach hindurch nach
draußen. Ich kenne diesen Blick. Ich drehe
mich um und betrachte das Zimmer.
Ich bin Zuhause.

Es handelt sich um eine vereinfachte
Version meiner Wohnung. Vieles fehlt, alles

erscheint klarer als sonst, reiner, schlichter im besten Sinne. Ich blicke erneut nach draußen, sehe die bekannten Bäume, die bekannte Häuserfront, und doch ist alles nach wie vor in diese tiefe Stille getaucht. Keine Menschen. Nur ich, mein Zimmer, die Welt, mein Atem, ein und aus.

Ich bin nun, als ich friedlich an diesem Fenster stehe sicher, dass ich träume. Ein sanfter Wind fährt durch die Blätter der Bäume, lässt sie tanzen, fährt durch mein Haar, berührt uns in gleicher Anteilnahme. Ich befinde mich am Grunde des Meeres, durch das ich hinabsank. Ich atme eine Substanz aus Stille und Frieden ein, und ich atme sie ebenso wieder aus. Ich bin eine Schwingtür, finde keine Trennung mehr zwischen der Welt und mir, atme sie ein, dann mich aus, um nach einer Pause mich einzuatmen, woraufhin sie aus mir herausströmt.

Bin ich noch ein Mensch?

❖

Ich träume, und ich kann eben noch reflektieren, dass ich diesen Traum mag, da greift jemand zart meine linke Hand.

Für einen Moment verbleibe ich einfach in meiner Kontemplation, im Schwingen einer durchlässigen Tür. Es fügt sich schlicht eine weitere Empfindung hinzu: Die Berührung einer Hand, die mich sogleich mehr Mensch werden lässt. Es geht eine Wärme von ihr aus, ich spüre kleine, zarte Finger auf meiner Haut. Mein Freund, ich kann es nicht anders sagen, aber ich spüre bedingungslose Liebe durch diese Finger in mich hineinströmen, einen kleinen Bach formen, der meinen Arm hinauf hin zu meinem Herzen fließt. Kennen Sie dieses Gefühl? Ich selbst muss gestehen, dass es mich fast überwältigt, als es meine Brust erreicht, diese Wärme, diese Liebe meinen Thorax erfüllt, dass mir die Tränen in den Augen funkeln, um dann ebenfalls zwei Bäche zu formen, die sich ihre Wege hinab zu meinem Herzen bahnen. Ich weine also, weil ich mich geliebt fühle. Ich weine, weil mich dieser Traum so glücklich macht. Kennen Sie, werter Freund, diese Form des Glücks durch Liebe? Mir scheint es vollkommen neu. Die Vernunft ist mir abhanden gekommen. Bislang war Glück schlicht der Besitz von Sicherheit jedweder Form. Regeln, so sie denn eingehalten werden, machten mich glücklich durch den Rahmen den sie formten, die Orientierung die sie gaben, den Takt den sie schlugen. Jetzt aber, wo ich geliebt bin hat jedwede Form von Sicherheit ihren Sinn verloren.

Ich bin eine weinende, glückliche Schwingtür. Ich bin das Meer in meinem Zimmer, der Wind zwischen den Blättern, bin der Baum, der Horizont, bin die Sonne. Ich bin die Hand die mich berührt und liebt, und ich bin nichts davon. Ich bin die Stille. Wenn ich eines mit Sicherheit sagen kann, dann ist es schlicht: Ich bin.

Während ich also überwältigt von diesen unbekannten Gefühlen und eigentümlichen Gedanken in mich selbst hinaus schaue, da zögere ich immer noch einen Blick auf meine Begleitung zu werfen. Es mag Ihnen merkwürdig erscheinen, mein Freund, doch was würden Sie tun, wenn ein Moment derart perfekt erschiene, Sie selbst sich vollständig mit einer Liebe erfüllt fühlten, und sei es nur im Traum? Würden Sie sich nicht diesem Moment hingeben, vollständig? Da ist kein Drängen in der Berührung dieser kleinen

Hand, kein Fordern, nur Liebe die mich weiter füllt wie ein Gefäß, das allzu lange ausgetrocknet war. Ich fühle mich lächeln, meine Augen sind nass der Tränen, doch ich schäme mich ihrer nicht. Dankbarkeit durchfährt mich nun, und diese Dankbarkeit ist es, die mich zur Seite blicken lässt. Diese Dankbarkeit lässt mich nun endlich, endlich auch aus Liebe heraus jemanden ansehen. Ich schaue nach dieser kleinen Hand, und ich sehe ein Kind, einen Jungen meinen Blick erwidern. Wind fährt durch unser Haar, lässt es tanzen. Seine Augen sind die meinen. Ich blicke mir selbst entgegen, und wir lächeln dabei.

Wir laufen durch die Straßen. Die Menschen sind zurückgekehrt, und alle tauchen durch dasselbe Meer aus Frieden. Der Junge pflückt mir einen Apfel, ich bedanke mich bei dem Baum. Ich sehe seine Wurzeln, grabe mich trinkend in das tiefe Innere der Erde, wende meine Blätter atmend zur Sonne hin. Ich nehme einen Bissen von dem saftigen Apfel, schlucke, und es zieht mich die Speiseröhre hinab, in den Magen, Zwölffingerdarm, durch den Dünndarm hindurch und hinein in den Dickdarm. Alles ist lebendig. Auf meinem Weg sehe ich Trillionen Mikroben, Bakterien, Archaeen, Eukaryoten, Pilze, unzählige Bakteriophagen überall und weitere Viren, die im Einklang miteinander, im Einklang mit dem Organismus Mensch existieren. Es gibt keine Trennung.

Ich bin eine Schwingtür.

Ein Gefühl schwimmt vorbei, trägt mich schweigend empor und hinaus. Ich bin der Wind, der Atem von Millionen Menschen und Tieren. Ich bin Trillionen Pflanzen, Mikroben, Bakterien, Archaeen, Eukaryoten, Pilze, ich bin Bakteriophagen und weitere Viren, die alle im Einklang miteinander, im Einklang mit dem Planeten Erde existieren. Es gibt keine Trennung. Ich sehe überall Leben und überall Tod, beides im Wechsel miteinander wie Tag und Nacht.

Wir sind eine Schwingtür, eine Schwingtür für die Existenz, das Meer aus dynamischer Stille, das von innen nach außen strömt und wieder zurück. Alles ist getragen vom Tide.

Ich bin so erfüllt von Einklang, dass ich mich einen Moment setzen möchte. Ich lehne an einem Baum, schließe die Augen. Sonnenstrahlen winken durch das Blätterwerk auf mich herab. Gräser kitzeln meine Haut.

Ich empfinde einen fernen Ruf, lege mich hin, lasse mich von Müdigkeit davontragen. Mir scheint, ich werde nun weiter träumen.

Ich tauche auf.

Da ist eine Hand auf meiner Stirn, ein kühles Tuch, besorgte, leise Stimmen. Ich öffne meine Augen und blicke in jene einer Frau, die sogleich lächelt. Ein Mann reicht mir eine Flasche Wasser, nickt mir aufmunternd zu. Ich schaue mich um. Wir befinden uns unter dem Geäst am Boden eines Baumes auf dem Marktplatz. Die Sonne beherrscht weiter die Welt, nur wenige Menschen trauen sich durch die flirrende Hitze, sammeln sich zu Gruppen im schützenden Schatten der Cafés zu den Seiten des Platzes, in dessen Mitte ich zu mir komme. Ich richte mich zur Hälfte auf, lehne mich etwas unsicher an den Stamm des

Baumes, greife dankbar die Flasche und trinke durstig. Es geht mir gut, und ich sage es ihnen. Ich sehe die Sorge der beiden, und ich liebe sie dafür. Wir kennen uns nicht, und doch sind wir verbunden. Nie zuvor habe ich mich derart gut gefühlt. Der Mann reicht mir die Hand, hilft mir mich zu erheben, doch ich fühle mich gestärkt und stabil, als ich stehe. Ich bin glücklich. Ich biete ihnen etwas Geld für das Wasser an, doch sie lehnen ab. Ich danke ihnen erneut aus ganzem Herzen. Ich möchte mich eben abwenden, da zeigt er auf meine Maske, die noch am Boden liegt. Verwirrt greife ich danach, blicke sie an wie etwas aus einem fernen Traum. Ich stecke sie weg und gehe Heim.

Zuhause angekommen lese ich einer Gewohnheit folgend die Nachrichten. Wie üblich sind sie geprägt von Informationen zur Corona Krise. Mein Freund, kannst Du Dir denken, wie fremd mir diese Nachrichten erscheinen? Nun, da ich die Essenz unseres Lebens kenne, da ich spüre, dass Gesundheit nur ein Resultat aus einem harmonischen Geben und Nehmen mit der Umgebung ist? Nun, da ich begriffen habe, dass wir alle eine Familie sind, nun, da klar ist, dass das Meer durch das wir schwimmen Liebe ist? Ich lese die Nachrichten, mein Freund, und da steht nichts als Krieg geschrieben! Wir sind im Kampf gegen den Virus, im Kampf gegen jene mit anderer Meinung, wir sind in einer heiligen Furcht der Wissenschaft vor dem Leben selbst, wir sind im Krieg! Wir brauchen Kontrolle, wir brauchen Technik, wir brauchen 5G, alles muss viel schneller gehen, wir brauchen Genmanipulation für unsere Körper und Chemikalien für die Landwirtschaft, wir brauchen Chemikalien für unsere Körper und Genmanipulation für die Landwirtschaft, wir brauchen all das so schnell als möglich, denn wir sind im Krieg!

Im Krieg gegen das Leben selbst! Wir brauchen keine anderen Meinungen, denn andere Meinungen sind nur Störfelder eines irregeführten Feindes, es gibt nur eine Wahrheit, die unsere Wahrheit, und wir müssen schnell handeln, müssen gezielt handeln, und wir müssen den Gürtel enger schnallen, wir sind im Krieg!

Ich aber bin eine Schwingtür.

Diese Nachrichten, mein Freund, mein guter, lieber Freund, diese Nachrichten und all das Handeln das darauf baut erwirken genau das Gegenteil. Sie bauen Mauern, wo einst Schwingtüren waren. Sie isolieren, bauen Kerker, Käfige, Zwangsjacken für Seelen, die immer weiter in die Angst getrieben werden. Wie kann man etwas Glauben schenken, was nicht auf Liebe gründet? Ist nicht Liebe der

Fixpunkt unserer Existenz, sollte Liebe nicht die Basis all unserer Entscheidungen sein? Wie können wir nur jenen vertrauen, die eben diese Trennungen verursachen? Sind wir nicht alle Sklaven dieser Menschen, die uns um unsere Verbindung zur Natur berauben? Mein Freund! Ich bin eine Schwingtür, und ich bin die Liebe, die mich und alles erfüllt. Es ist zu spät für eine Rückkehr zu der von den Medien propagierten Normalität. Ich plädiere für eine neue Normalität, und diese neue Normalität ist in Wahrheit die alte, die ursprüngliche, die gesunde. Ich bin dankbar für meinen Traum, und es mag Menschen geben, die ihn für lächerlich halten. Vielleicht ist diese Geschichte lächerlich für manche. Für mich jedoch ist sie vernünftig. Ich bin ein vernünftiger Mensch, denn Vernunft, die wahre, einzige Vernunft ist jene, die uns hilft der Liebe zu vertrauen.

So lass uns der Liebe vertrauen, mein Freund. Lass uns gemeinsam aufstehen und der Angst mit Liebe begegnen. Begegnen wir der Wut mit Liebe. Lass uns zusammen für eine Welt sprechen und handeln die lebenswert ist. Wir brauchen keinen Krieg, denn jeder Krieg, sei er gegen die Natur, sei er gegen Menschen ist zugleich ein Krieg gegen uns selbst.

Wir sind eine Schwingtür.

Innen und außen ist erfüllt von einem Meer aus dynamischer Stille, einem Meer aus Frieden. Die Kraft dieses Meeres ist stärker als alles, was sich unser Verstand auszudenken vermag. Sie ist die Quintessenz allen Lebens. Sie zu negieren führt zu Krankheit. Sie zu atmen befreit.

Lass uns in Demut vor der Natur unsere Schritte in Respekt und Dankbarkeit gehen, langsam, ruhig, bewusst und wach. Lass uns ein Tempo finden, dass uns allen gut tut und zurück bringt zu unserem ursprünglichen Selbst, dem Kind, das unsere Hand hält und geduldig darauf wartet, dass wir es bemerken.

L ass uns wieder frei atmen, mein geliebter Freund.

Und hier beginnt diese Geschichte…

Feuer

Wasser